Marc Anstett est né au milieu des années cinquante à Paris. Comédien, metteur en scène, musicien, auteur, il explore des thèmes variés, sous forme de romans, de nouvelles, d'essais, de textes dramaturgiques, d'adaptations. Il a composé de nombreuses pièces musicales, notamment pour le spectacle vivant. Il prête aussi régulièrement sa voix pour le doublage et apparaît ponctuellement au cinéma ou à la télévision.

Du même auteur, aux éditions Bod :

Journal d'un pigeon voyageur
Clin d'œil au peintre Magritte
Roman

Des vendredis dans la tête
Roman

Et si c'était nous
Petit éloge d'un tango des sens
Également traduit en espagnol (Argentine)
par Daniela Alejandra Aguilar, sous le titre
« Y si fuéramos nosotros... »
Essai

Souvenirs d'un coin du monde
Nouvelle

Bid Bang
Théâtre & arts plastiques — volet 1

Le don de l'invisible
Théâtre & arts plastiques — volet 2

Tango pourpre
Fiction contemporaine

Katzen
Roman

Marc Anstett

Dans le bruissement des feuillus

Conte futuriste

BoD

Photo quatrième de couverture :
© 2017, Michel Demas *(Marc Anstett, lecture publique)*

Composition de la couverture :
© 2018, Marc Anstett

© 2018, Marc Anstett
Éditeur : BoD-Books on Demand
12/14 rond-point des Champs Élysées,
75008 Paris, France

« La vie a plus d'imagination que n'en portent nos rêves »

Ridley Scott / 1492 Christophe Colomb

Par nature, un arbre pousse toujours vers le haut, en s'élançant vers le ciel.

Allongé dans le hamac du verger de mon grand-père, j'avais une vision aérienne des pommiers au-dessus de moi. Ils se dessinaient de manière picturale. Le vert des feuillages chargés de fruits rouges s'incrustait dans un ciel d'azur inespéré pour la saison, parsemé de rares petits nuages immobiles et blancs. En altitude, bien au-delà de ces feuillées expressives m'offrant leur pincée d'ombre, la silhouette noire d'un oiseau volant face au vent était arrêtée en plein vol, à l'image d'un cerf-volant paisible et silencieux resurgi de mon enfance.

Vus d'ici, les vieux pommiers étaient bel et bien dans le ciel. Ils y avaient élu domicile de façon naturelle, baignant au sein d'un calme olympien propice à cette rêverie d'après-midi. Je me plongeais avec délice dans cette toile champêtre, offrant mon visage au soleil d'automne qui filtrait à travers les branchages et réchauffait ma peau de ses rayons bienfaisants.

Cette immobilité rurale de septembre baignant dans les vapeurs d'un cidre imaginaire, contrastait avec l'impétuosité des tortueux feuillus du pays des « Plats-sur-plats » qui avaient occupé mes pensées depuis le début de l'été. Le manuscrit qui dormait sur mes genoux relatait à travers un récit onirique, l'histoire de ces arbres artistiquement sculptés par les forces de la nature au sein d'un paysage grandiose. Dans ce pays chimérique, où les plateaux de terre et de roche s'empilaient à l'image des mille feuilles, la montagne était si pentue qu'elle contraignait les arbres à pousser d'abord perpendiculairement. Les troncs se redressaient lentement en déplaçant leur centre de gravité pour arriver à un équilibre idéal leur permettant le moindre effort mécanique. Ils reprenaient alors leur croissance vers le haut, et ainsi de suite.

À l'instar de nos lointains ancêtres qui avaient libéré leurs mains en se mettant debout, les arbres de la « montagne verte » réorientaient leurs troncs afin de s'épanouir librement vers le ciel. Ce combat magnifique offrait au pays des « Plats-sur-plats » d'originales sculptures vivantes, emplies de beauté et d'énergie. La forêt s'était agrippée à la montagne de façon intelligente et spectaculaire depuis les origines. Or, les problèmes récurrents liés au climat transformaient peu à peu ce superbe paysage. Au Village-d'en-bas, la vie des habitants s'en trouvait fortement perturbée. Depuis quelque temps, plus personne ne s'aventurait sur ces pentes devenues trop dangereuses ; les éboulements et les glissements de terrain y avaient fait de nombreuses victimes. Par la force des choses, les rituels ancestraux liés à la montagne verte et à « l'écoute des arbres » n'étaient plus pratiqués par ces paisibles autochtones isolés de la grande ville voisine. Ce renoncement allait mettre fin à tout un art de vivre ; il annonçait la fin d'un monde. Malgré tout, le plus obstiné d'entre eux – un robuste Indien centenaire – tentait souvent le diable en affrontant les éléments avec bravoure. Ce jour-là, le vieil intrépide était redescendu en catastrophe de ces hauteurs artistiquement boisées. Il était rentré au village dans un bien piteux état, après plusieurs jours d'errance.

Comme après chacune de ses folles escapades, on l'avait retrouvé penché en avant, agrippé à l'encolure de son cheval, le nez planté dans sa crinière. Cette fois-ci, l'animal tenait à peine debout sur ses sabots endommagés par les racines et la rocaille. Sa robe était couverte de boue. Un amoncellement de feuilles s'était collé sur son pelage en sueur. Ses yeux écarquillés roulaient dans leurs orbites et ses naseaux dilatés trahissaient une peur intense. Le vieil homme et sa monture étaient épuisés ; visiblement perturbés après cette descente vertigineuse.

Au Village-d'en-bas, personne ne comprenait ce que ce vigoureux centenaire s'obstinait à chercher là-haut, fouinant au péril de sa vie parmi les troncs tortueux et les racines enchevêtrées. Mais étant donné sa « science » et son grand âge, et au vu de l'expression singulière qui façonnait son visage ce jour-là, il devait certainement avoir trouvé.

Tout le village l'avait d'abord accueilli sans poser de question, comme à chaque fois. Inutile de tenter de le raisonner : le vieux semblait plus têtu que sa mule. Après les premiers soins d'urgence, ils s'étaient tous réunis autour du feu. Le vieil homme leur avait alors raconté sa périlleuse aventure d'une voix tremblante et inhabituelle.

« *Il y a des humains pour qui ce monde ne sera jamais l'endroit rêvé. Ils passeront leur vie à le défaire, à le refaire, et finalement à le détruire.* »

Il s'était arrêté pour reprendre son souffle, semblant manquer d'air, en proie à une émotion trop forte. Puis, avec une force resurgie tout à coup, il scanda plusieurs fois :

« *Mais nous n'allons pas les laisser faire, mais nous n'allons pas les laisser faire !* »

Ce qu'il venait de leur « chanter » d'une voix chevrotante, c'est un des grands arbres-du-haut qui lui avait murmuré. Un arbre parleur... Le vieil homme venait de transmettre ce message assis devant le feu, dans la pure tradition du rituel voué à « l'écoute des arbres ». Et comme toujours, étant donné la considération dont il jouissait au sein du groupe, chacun de ses propos avait été suivi d'un grand murmure d'approbation accompagné de nombreux hochements de têtes.

Tout en se calmant, le centenaire émoustillé tira sur sa pipe dans le plus grand silence, puis précisa entre deux ronds de fumée : « l'arbre m'a parlé très fermement, avec colère. Il s'exprimait avec une voix sortie des profondeurs du bois, en s'accompagnant d'un étonnant bruissement de feuillage ; un drôle de vrombissement allant crescendo, à l'image de nos chants les plus belliqueux ».

Tous les yeux étaient braqués sur lui, mais personne n'osait faire le moindre commentaire. Dans l'enchaînement de cet arrêt sur image qui dura un peu, il y eut un nouveau murmure d'approbation avec hochements de têtes, histoire de contrecarrer le curieux climat qui venait de s'installer dans les rangs. À la suite de ce bourdonnement d'abeilles, le calme revint.

L'arbre parleur était un grand chêne. Âgé de plus de quatre cents ans. Et le vieil homme s'y connaissait en la matière. Le feuillu s'érigeait dans un endroit biscornu et difficile d'accès, bien accroché dans les hauteurs de la pente, comme un magnifique ancêtre parmi les « arbres-du-haut » ; un spécimen unique au sein de cette forêt atypique qui combinait dans ses habiles enchevêtrements de troncs et de branchages, le genévrier, l'épinette noire, le pin gris, le pin argenté, le hêtre à grandes feuilles, le sapin invincible ou l'érable rouge. Un vieux chêne sculpté par le combat assidu qu'il avait dû mener avec la montagne pour retrouver l'équilibre en s'orientant vers le ciel ; enrichi de l'histoire de ses lointains ascendants originaires de la péninsule Ibérique, du Mexique ou de Bornéo, arrivés jusqu'ici par « voie aérienne » sous forme de noyaux fertiles fourrés bien au chaud dans le trou du cul des geais qui les avaient largués là pour les planter sans le savoir ; ou alors pondus par quelques pies bavardes, un peu plus grandes celles-là, au plumage noir et au ventre blanc, avec une tache ovale et blanche sur chaque épaule et une longue queue noire à reflets pourpres et verts ; ou peut-être même chiés par des Casse-Noix mouchetés, de la même taille que les geais, mais avec le plumage brun foncé tacheté de blanc, et aussi une calotte brun foncé sur la tête, et le dessous de la queue blanc.

Le vieil Indien connaissait parfaitement les oiseaux. Ses portraits étaient enluminés, précis. Il s'inspirait souvent de ses frères à plumes pour confectionner ses costumes et ses colliers traditionnels, ainsi que pour peindre dans ses moments les plus inspirés, des œuvres d'une composition saisissante.

Il était d'ailleurs en train de se perdre dans son récit tant sa passion et ses connaissances étaient grandes en la matière, lorsqu'il s'interrompit à nouveau : il semblait cogiter avec une véritable inspiration, fouillant tous les recoins de sa mémoire, hoquetant même un peu pour trouver les mots les plus justes au fond de sa tête encore fumante et hérissée par la pluie et par l'aventure qu'il venait de vivre.

« Un frère de bois impérial et chargé d'histoire », lança-t-il sur un ton admiratif à cette assemblée muette et en apesanteur. « De très larges branches. Un épais et somptueux feuillage. Une écorce solide. Un tronc des plus puissants, haut de plusieurs dizaines de mètres, buriné par les ans et musclé par son combat pour la liberté. Des racines profondément ancrées dans la terre brune, puisant dans le sol la source de vie, fouillant la litière, l'humus et la pierre, ou fissurant la roche-mère en profondeur».

Nouveau murmure d'approbation avec hochements de têtes. L'auditoire restait suspendu aux lèvres du vieillard ébouriffé. Personne n'osait émettre un mot, ébaucher l'ombre d'un geste ou battre le moindre cil.

« L'arbre possède en lui tout ce qui contribue à vous rendre physiquement beau dans l'âge et aussi un rien autoritaire », lança-t-il sur un ton plus ironique en les toisant de haut en bas. Cette allusion à sa personne et à son allure de rescapé libéra la tension en les faisant tous rire bruyamment.

« Un arbre dressé comme un être courageux ou un résistant de la dernière heure », poursuivit-il avec fierté. « Prêt à se battre pour sa survie. Mais aussi un modèle de paix et d'harmonie ; planté au cœur d'une brève éclaircie forestière baignée d'une douce lumière ; défiant la dangerosité du terrain avec une véritable audace ; protégé par des frères de taille moyenne, ainsi que par des petits frères-buissons-touffus bordant les pieds de la forêt alentour ».

Les enfants attentifs ricanèrent en se donnant des coups de coudes. Alors le vieil Indien poussa un splendide cri d'oiseau remarquablement imité pour conclure ce début de témoignage incroyable.

Fou rire nerveux et admiratif dans l'assistance ! Au point que les véritables volatiles en perdirent leur latin, interdits et stupéfiés sur leurs perchoirs naturels tout autour.

Le centenaire venait de recouvrer sa force et tous ses sens. Son très grand âge ne se voyait plus que sur sa peau fine et ridée ; sur les vaisseaux noueux qui parcouraient ses mains transparentes, comme autant de racines dans la terre brune sur laquelle il était assis. Il devint arbre lui-même, le corps planté dans le sol. Inébranlable. Et il y eut un léger flottement dans l'air, presque un bruissement de feuillage...

Assis au milieu des autres, Julio écoutait attentivement. Il se garda bien lui aussi de faire le moindre commentaire -bien que ses connaissances en arboriculture aient favorisé en quelques mois des liens très complices avec le vieil homme-, car dans les rangs de cette assemblée en émoi, toute observation réaliste devenait imbuvable...

Le vieux tira à nouveau sur sa pipe en os dans le silence total – une pipe aussi vieille que lui – et retrouva son corps d'Indien après ce cri d'oiseau surprenant. Puis il fit frémir ses épaules et son dos. Sous l'effet de ce nouveau petit tour, il venait de prendre les traits d'un vieux corbeau fatigué ou d'un chocard à bec jaune ayant atterri là après un long périple et secouant ses plumes après un bain d'eau fraîche. Figé dans cette posture étonnante, il considéra l'auditoire un instant ; particulièrement les enfants qui s'étaient approchés à mesure que leur excitation montait. Puis il sortit à nouveau de ce rêve éveillé et poursuivit son récit en retrouvant sa peau d'homme parmi les hommes.

« Abasourdi par ces paroles sorties du ventre de l'arbre comme de celui d'un ventriloque, il n'avait pas réalisé immédiatement », leur lança-t-il. Parce que comme d'autres habitants du village, il avait souvent ressenti le hurlement des frères de bois sous l'assaut des tronçonneuses, lorsque les bûcherons du Village-d'en-haut passaient à l'offensive ; ces appels que semblaient lancer les feuillus mordus dans leur chair par les chaînes dévorantes qui crissaient dans la fumée dégagée par les bruyants moteurs ; ces cris et ces plaintes, marquant leur impuissance et leur douleur face à ce que tous ceux-du-bas considéraient comme une horrible barbarie ; un combat déloyal entre les arbres de la montagne sacrée et les forestiers d'en-haut, et aussi contre les exploitants de minerai venus de la ville située juste derrière.

« Pour ce qui est du vieux chêne, ce ne sont plus des cris. C'est une voix... Une véritable voix ! », leur lança-t-il un rien halluciné, tout en fixant Julio dans les yeux avec une expression énigmatique. « Un début de discours. Et puis un long silence », ajouta-t-il avec un air inébranlable.

Julio, bien qu'interloqué, ne bougea pas d'un poil. Il laissa son regard incrédule se planter avec impassibilité dans celui de l'Indien. L'assemblée se mit à frissonner autour d'eux. Des murmures se firent entendre. Certains commencèrent même à exécuter ces petits mouvements typiques très éloquents, avec jeux de mains et jeux de doigts silencieux, selon leur coutume, tandis que le vieil homme jaugeait Julio avec le plus grand sérieux. Au cours de ce face-à-face quasiment en apnée, seules deux trois mouches eurent voix au chapitre, assez folles dans leur ballet aérien et surtout totalement inconscientes de la gravité de l'instant. Le vieillard dégomma d'un geste aussi leste que précis celle qui s'octroyait une petite pause sur son nez, tandis que Julio restait dubitatif, jouant machinalement du bout des doigts dans la terre, avec un air absorbé. Puis le centenaire poursuivit de sa voix éraillée.

Extrêmement secoué, il était resté assis presque une journée face au chêne, sans bouger, à attendre patiemment que le cœur du bois s'exprime à nouveau. Mais le tronc était resté silencieux... Pourtant il n'avait pas eu la berlue : l'arbre lui avait bien parlé d'homme à homme...

Nouveaux murmures avec hochements de têtes... Chacun réajuste sa posture avec un air désorienté ; on se lance des regards embarrassés, on toussote, on secoue la tête, on réitère les jeux de doigts et les petits ballets de mains, sans un mot ; les plus jeunes se pelotonnent contre leurs grands frères, tandis que Julio reste sérieux comme un pape malgré sa perplexité, et que le vieux leur raconte comment le vent se lève au cours de cette attente sans fin. Il n'a pas vu un souffle aussi dévastateur depuis des décennies. Tout tourbillonne autour de lui. Cela dépasse l'imagination. Et la pluie arrive sans prévenir. Elle s'abat sur la montagne comme elle le fait régulièrement, mais avec une violence inégalée cette fois-ci. Effrayé, il décampe à toute vitesse à califourchon sur son vieux cheval branlant qui hennit et s'ébroue, les yeux exorbités, galopant entre les troncs tortueux comme un enragé avec la queue entre les fesses. Il leur faut devancer les coulées de boue et les chutes de troncs, car au pays des plats-sur-plats, ça dégringole de plus en plus, à tous les étages. Le paysage est en détresse. Une partie de la région commence à être défigurée, en proie à ces pluies torrentielles qui tombent par intermittence et qui torchent la nature de manière bien trop violente. Julio l'a constaté maintes fois depuis son arrivée ici, avec amertume. Dans cette partie du pays, la pluie peut tomber à outrance, on ne voit plus le ciel qui est pris dans un brouillard uniforme, à l'inverse de ce qu'il a pu observer dans le Sud, où ce sont les incendies qui lèchent les pins montagnards de leurs flammes dévorantes. Là-bas, les puissants rayons solaires chauffent le ciel à blanc ou enflamment les régions boisées aussi facilement que des torches arrosées d'essence. Alors qu'ici, on est encore à l'abri de cette chaleur insupportable ; la pluie tombe à seaux, un jour sur deux ; comme un robinet que l'on ouvre et que l'on ferme subitement. Par contre, elle détrempe la terre meuble ou argileuse, la transformant en un bourbier instable, allant jusqu'à déraciner les feuillus les plus élancés et les plus fragiles qui ne résistent plus à la pente ; ou à les pourrir de l'intérieur, comme des éponges gorgées à cœur.

Tous les jours on peut observer des troncs arrachés à leur terreau nourricier. Ils sont enlevés à cette magnifique exposition de sculptures végétales et dégringolent le long de la paroi pour aller s'écraser plus bas, dans un fracas assourdissant. Comme dans le reste de la contrée, le pays des plats-sur-plats paye les frais d'une activité humaine insensée qui pollue le pays depuis des décennies et perturbe les cycles de la nature. Depuis son arrivée, Julio observe les cicatrices brunes qui commencent à s'imposer dans la masse verdoyante. L'artistique tableau perd de son éclat.

Six mois plus tôt, Julio parcourait le pays pour observer les multiples transformations. Au cours de ce long périple, il avait traversé des zones inondées et sinistrées, il avait croisé des mégapoles au bord de l'asphyxie, sillonné des régions sauvages en proie à la désertification. Et il était arrivé en catastrophe au Village-d'en-bas. Ce jour-là, sa vieille auto n'aurait pas pu aller plus loin. Il était resté concentré sur le volant toute la journée, à l'écoute de tous ces bruits suspects qui surgissaient de la carrosserie comme les braillements d'une fanfare en délire ou les rouages d'une machine extraordinaire en plein branle-bas de combat. Ce jour-là, il avait poussé le moteur à fond. Tout au long de cette course acharnée, chaque grincement, même le plus infime, était devenu le reflet avant-coureur d'une panne générale, à l'image du paysage qui l'entourait. À bout de souffle, cette carcasse quasi automatisée de couleur indéfinissable avait fini par rendre l'âme juste à l'entrée du village, après un parcours de plus de huit cents kilomètres quand même. Julio était arrivé à bon port, mais une chose était certaine : il allait rester coincé ici. « Et les secours n'arriveraient pas ; pas plus que la cavalerie ! » avait-il pensé, histoire d'ironiser un peu...

Enfin, elle était là. Érigée tel un temple majestueux, après les heures de vide alarmant qui lui avait tenu compagnie. Il était resté sans voix, comme en état d'ivresse devant cette merveille surgie du néant. La vision était hallucinante. Cette montagne atypique et son exposition de sculptures végétales accrochée sur ses flancs en faisaient un lieu intensément féérique. Son organisation allait bien plus loin que ce qu'on avait pu lui raconter ; ou de tout ce qu'il aurait pu imaginer. Les derniers rayons du soleil arrosaient de pourpre et d'or ce subtil assemblage de troncs sinueux qui poussaient en partie perpendiculairement à la pente, ces énormes racines et ces multiples branchages entremêlés qui courraient de toutes parts, tissant leur toile de bois et d'écorce avec impétuosité, sur un sol nappé de mousse, de brindilles et de pousses en fleurs, submergé de lierre et de fougères opulentes, mêlant à ce terreau fertile, des saillies de roche affûtée ou de la rocaille aux multiples reflets. Et alors que la lumière du soir baignait à plein les somptueux feuillages émergeant vers le ciel en incendiant leur chevelure végétale, l'exposition que les tortueux feuillus offraient à leur hôte rayonnait d'une beauté indicible. La nature avait réalisé là un tableau vivant et surréaliste qui défiait les lois de la physique avec une poésie sans cesse réinventée. Et ce n'était là que le pied de cette montagne qui s'élevait vers le haut par plateaux successifs empilés avec fantaisie et complexité jusqu'au ras des nuages, pour planter sa cime dans l'invisible et l'incommensurable.

Julio était resté pantois un long moment, contemplant cette œuvre monumentale aux accents fantastiques sans pouvoir mettre le moindre mot sur ce qu'il voyait, la tête vide de toute pensée rationnelle et le cœur en émoi.

Un peu plus tard, il était accueilli sans problème par la population qui occupait cette ancienne réserve. Ils étaient regroupés dans l'un des villages situés juste au pied de la montagne. Julio était tombé aussitôt sous le charme. Quelque trois cents personnes, dont une poignée d'Indiens, qui vivaient bien loin de la modernité, dans une vraie mixité sociale, avec beaucoup de métissages. Quelques-uns d'entre eux, accompagnés d'un groupe d'enfants très blagueurs, étaient venus à sa rencontre sur la route, alors que Julio était encore immobile à rêver devant ce paysage éblouissant. Les bambins l'avaient tiré par la manche et l'avaient entraîné jusqu'au village. Cela faisait longtemps que Julio n'avait pas côtoyé une telle chaleur humaine ni vu une si grande beauté dans la silhouette et sur les visages de ses contemporains. Le lendemain, il avait troqué son humble hébergement contre quelques travaux courants, selon leur coutume, et s'était installé parmi eux sans autre forme de procès.

Un calme étonnant régnait au sein de cette population on ne peut plus gracieuse. Alors qu'ils étaient confrontés aux aléas du climat et au déboisement sauvage et que ces transformations bouleversaient leur vie et leurs croyances, aucun d'entre eux ne bougeait le petit doigt. Pourtant, en amont, juste sous leurs yeux, de très nombreux bûcherons accéléraient le processus de destruction entamé par les pluies torrentielles en abattant quantité d'arbres...

Julio s'était rendu dans les hauteurs pour faire un état des lieux. Arrivé sur les premiers plateaux, il avait été accueilli dans l'indifférence générale, passant presque inaperçu au milieu de cette bande de « gros bras » en effervescence. Dans le boucan des tronçonneuses et le craquement infernal des troncs qui s'écrasaient lourdement sur un tapis de sciure, ces « gens-du-haut » semblaient tous sous pression, dans l'urgence, guidés par une folie furieuse qui les accaparait entièrement, ne laissant aucune place au dialogue. Harnachés de baudriers, coiffés de casques, enrubannés de cordes et bardés d'outils divers qu'ils brandissaient comme des guerriers l'auraient fait de leurs armes, ces hommes n'étaient que corps et muscles, grognements ou rires gras, à l'inverse de tous ceux-du-bas, sociables, éloquents, raffinés et plein d'humour.

Julio ne fit pas le moindre commentaire ; il resta en retrait et se limita à les observer. Il passait aisément pour un de ces jeunes migrants comme on en voyait un peu partout depuis la grande révolte de 2047. Installé dans un mutisme quasi maladif, il développa au fil des heures un air misérable de chien perdu sans collier, afin d'éviter qu'on lui cherche querelle. Le constat était alarmant : ce troupeau d'enragés n'entretenait pas la forêt. Poussés par une logique implacable, ces hommes abattaient froidement quantité d'arbres centenaires absolument magnifiques et en parfait état ! En fin de journée, Julio redescendit au village avec un énorme nœud au ventre. Ce dont il avait été témoin l'écœurait au plus haut point.

Au cours des mois, il avait tissé des liens solides avec ces habitants-du-bas et plus particulièrement avec les Indiens qui habitaient le village, pour tenter de comprendre. Ces indigènes pacifiques, souriants et plutôt discrets, avaient une connaissance et une compréhension de la nature basées sur une pensée écologique très ancienne. Leur façon d'appréhender la vie sous toutes ses formes avait un caractère sacré. Ici, personne n'avait jamais coupé un arbre de la montagne, ni même scié une branche. C'eut été un horrible non-sens. Pour les besoins courants, on s'autorisait à utiliser le bois mort tombé au sol, qui était offert comme un cadeau des frères de bois, et qui devenait recyclable pour faire le feu ou pour d'autres usages. Ou alors on utilisait le bois non sacré qui venait des alentours.

L'importance que ces gens accordaient à la montagne verte et à ses arbres centenaires ne tenait pas que du rituel ancestral. Ils avaient une profonde reconnaissance et une admiration sans limite pour « l'œuvre monumentale » qu'ils considéraient d'une grande modernité ; du lien primordial que tous les éléments tissaient entre eux en son sein, indissociables au cœur d'un autre grand ensemble dont ils faisaient eux-mêmes partie. Ils en avaient une vision artistique idéalisée. Pour eux aussi, la montagne était une œuvre d'art que la nature avait créée à leur intention et qui trouvait tout son sens à travers la beauté qu'elle générait chez son peuple protecteur. Ils avaient su la maintenir en vie en la respectant à travers le temps dans ses cycles naturels. Mais l'art de vivre de cette population hors norme en cette époque survoltée, avait aussi un revers cinglant : les bûcherons-du-haut ne rencontraient pas la moindre résistance. Ils opéraient ce déboisement sauvage à tour de bras, récupérant un maximum de bois sain à des fins mercantiles, bien avant que les tempêtes ne s'en mêlent. Pour les habitants-du-bas, les fondements d'une philosophie séculaire au service de la vie et de la biodiversité volaient en éclats.

Julio n'était pas naïf. Il était même plutôt malin. À vingt-six ans, il avait déjà une belle expérience de la vie en communauté. Il avait le sens des réalités et ne croyait plus aux contes de fées. Il savait comment marche le monde – ou du moins comment il avait marché jusqu'ici. Le message du vieil Indien redescendu en catastrophe ne pouvait être une simple facétie. Pas dans ce contexte particulier. Si le vieil homme semblait véritablement perturbé par ce qu'il disait avoir « entendu », il était loin d'être fou...

« Mais nous n'allons pas les laisser faire ». Il avait scandé maintes fois cette phrase « surgie du tronc », la chantant parfois à tue-tête alors qu'il cheminait en solitaire sur son Appaloosa branlant, au cœur du village. Et en se basant sur son « témoignage », chacun pouvait imaginer les arbres en train d'organiser leur défense...

« Allaient-ils développer des maladies incurables, rendant ainsi leur bois impropre à toute consommation ? » C'est ce que d'aucuns imaginaient déjà. « Que pourraient-ils faire d'autre de leurs feuilles et de leurs troncs immobiles et pensifs ? » marmonnaient les autres. Les feuillus allaient-ils se laisser pourrir sur place ? Allaient-ils renoncer à la vie, par une sorte d'empoisonnement transitoire, tout en dissimulant dans les profondeurs de la litière et de l'humus une renaissance programmée pour un futur où la montagne serait enfin débarrassée des mauvais esprits ? Voilà à présent quel était le rêve de beaucoup d'habitants-du-bas, lorsqu'un soupçon de révolte s'immisçait dans leurs débats au clair de lune...

De plus en plus investi au sein de ce petit groupe d'indigènes à l'imagination aussi fertile que la terre qui les avait vus naître, Julio prit lui aussi la défense des feuillus, à travers de nombreux et surprenants échanges. Loin de la technologie ultramoderne qui gérait les puissantes mégapoles, il découvrit au sein de cette population composée d'individus multilingues aux origines les plus diverses, un art de la communication très efficace, bien que limité à leur groupe, allant du simple murmure au discours grandiloquent, en passant par les jeux de mots habiles, les charades, les jeux de mains et de doigts, les œillades démonstratives et les mimes fantaisistes, ainsi que par une foule de petits systèmes très ludiques permettant de transmettre ses états d'âme ou ses préoccupations de manière extraordinaire, via les oreilles et le nez, les claquements de langue ou les battements de cils. Et les tortueux feuillus étaient forcément au cœur de tous ces échanges parce que les habitants-du-bas les considéraient comme leurs frères de bois avec beaucoup d'empathie. Dans cet assaut meurtrier contre les arbres sacrés, c'est bien une part d'eux-mêmes qui était à nouveau menacée. Le côté burlesque de leur gestuelle ne gommait rien de leur profond désarroi. Toutes les subtilités de la langue verbale, quand elle reprenait le dessus avec ses nombreux mélanges, attestaient quotidiennement de leur tristesse et de leur désespérance. La tablée n'en était que plus sombre en remettant le couvert quant à ces longues et pénibles migrations vécues par leurs aïeuls ayant fui tous ces pays en guerre.

« Dans un monde naturel, sans agression artificielle ni dérèglement provoqué par certains humains à la cervelle plus rabougrie qu'une figue privée d'eau, les arbres sauraient s'adapter et se défendre », avait lancé Julio sous le regard attentif du robuste centenaire rescapé de la tempête. « Les frères de bois ont développé des systèmes de protection ingénieux pour palier leur défaut de motricité afin de rester en vie le plus longtemps possible sans faire le moindre mouvement. Face aux dangers présents dans la nature, ils peuvent aussi prévenir leurs voisins, grâce à un partage d'informations transmises de manière invisible, et développer ainsi une parade appropriée au sein du groupe.

Malgré son air de rescapé - qui semblait quand même avoir pris un méchant coup de jus avec ses cheveux encore à demi dressés sur sa tête -, le vieil Indien ne tombait pas de la dernière pluie. Il écoutait Julio avec discernement, le considérant avec acuité de son regard immobile. Entre eux, les mots devenaient vite des friandises qui mettaient leurs sens en émoi. Ni l'un ni l'autre ne se précipitait jamais pour dire ce qu'il avait dans la tête ou sur le cœur. Ils savouraient tous deux leurs échanges à l'image de mets raffinés à partager posément, passant par tous ces drôles de systèmes de communication auxquels Julio s'était adapté au fur et à mesure. Et en véritable conteur, l'Indien centenaire savait aussi fort bien mastiquer ses phrases et moduler son expression pour en tirer de multiples saveurs. Les connaissances scientifiques de Julio se mêlaient habilement aux croyances ancestrales du vieillard. Les témoins très attentifs n'en perdaient pas une miette et reprenaient espoir. Aussi, leurs silences significatifs étaient-ils suivis de murmures d'approbation et de hochements de têtes, comme il se doit...

«Vos frères de bois ne communiquent pas seulement par leurs feuillages. Ils se *parlent* aussi avec leurs racines. Par un entrelacement sous-terrain, ils se transmettent des messages importants afin d'assurer leur santé, leur survie, et surveiller leur croissance. À la différence de vous, ce ne sont pas des jeux de doigts ou de mains, mais un jeu de racines, de feuilles, de graines et d'essences. » C'est pour le moins ce que Julio avait appris pendant ses études à Kapok, notamment à travers l'ancien best-seller de Peter Wohlleben[1] ou par le biais d'autres spécialistes du genre. Ces livres et ces documents dataient tous d'avant la Grande révolte de 2047 qui avait bouleversé le continent américain et l'ordre mondial. Et depuis cette époque, ils avaient eu aussi leur lot de détracteurs : contrairement à ces points de vue intéressants mais discutables, les arbres

---

[1] Ingénieur forestier et écrivain allemand

n'étaient pas tous forcément solidaires et amicaux entre eux. Ils pouvaient aussi développer, à l'instar de bien des humains, une certaine « méchanceté », des envies de pouvoir les uns sur les autres, une espèce pouvant occuper le terrain communautaire de manière égoïste et meurtrière, ou produire des effets néfastes au sein d'un groupe afin de privilégier ses intérêts personnels. Tout n'était donc pas si rose au sein de cette grande société forestière idéalisée, comme l'avaient suggéré certains en leur temps, de manière plutôt partisane. Et si l'on s'en tenait au témoignage du vieux, « la voix » du chêne montrait clairement de l'animosité vis-à-vis de l'agresseur, annonçant les prémices d'une résistance inattendue de la part d'êtres sans défense apparente...

Quoi qu'il en soit, ce « savoir arboricole », les habitants-du-bas l'avaient déjà tous en eux, de manière poétique, intuitive ou instinctive. Dans cette nature magique et imposante qui était leur berceau, ils se l'étaient transmis naturellement entre générations, presque comme une langue supplémentaire. Aussi, les propos tenus par Julio étaient-ils écoutés avec intérêt et même avec fierté. Cela rendait hommage à leurs traditions et à leurs croyances, *a contrario* de ces irresponsables bûcherons-du-haut qui persistaient à saccager impunément, à rechigner et à cracher par terre lorsqu'on se hasardait à les raisonner.

Face à la déforestation menée par ces travailleurs enragés, à l'agression que représentaient les pluies diluviennes ou les incendies qui se rapprochaient dangereusement, les habitants du Village-d'en-bas savaient que leurs tortueux feuillus ne résisteraient plus longtemps, quelles que soient leurs tendances à s'entraider ou à faire cavalier seul. Ils allaient tous périr face à la toute-puissance de leurs ennemis, de manière volontaire ou non, déracinés ou imbibés jusqu'à l'os, ou peut-être calcinés avant même que d'être abattus. Et lorsque ces arbres sacrés en viendraient à disparaître du paysage, les habitants-du-bas suivraient forcément, la montagne verte n'étant plus qu'un vieux mont chauve, dépossédé de son artistique tableau, de sa force vitale et de son terreau nourricier.

Dans le sillage de ces sociétés d'exploitation qui développaient leurs activités en souillant la nature aveuglément, les bûcherons-du-haut continuaient à piller la montagne de ses trésors, tout en refusant d'admettre qu'ils étaient en train de scier la branche sur laquelle ils étaient assis. « C'est un acharnement nécessaire », lançaient-ils avec hargne, car le sol renfermait aussi le précieux minerai qui émergeait presque en surface, et que l'on récupérait dans la foulée pour constituer la fameuse énergie nouvelle révolutionnaire de la ville voisine. Alors que les assaillants semblaient mener une course contre la montre pour s'approprier toutes ces richesses en urgence, la montagne montrait chaque jour de nouvelles cicatrices brunes, offrant toujours davantage sa terre dénudée et meurtrie aux virulences de la pluie, du soleil et du vent. Désespérée, une partie de la communauté du Village-d'en-bas avait déjà plié bagage, tout comme l'avaient fait leurs aïeuls qui avaient quitté leurs terres et leurs pays pour arriver jusqu'ici. Ceux qui persistaient à rester sur place – descendants des *Niimíipuu*[2] traditionalistes non christianisés pour une partie d'entre eux – restaient accrochés à leur rêve, comme enracinés dans la terre brune, observant la situation avec la peur au ventre, sans oser réagir. Par contre, ils n'en démordaient pas : « nos frères de bois se parlent », disaient-ils sans détour en vous regardant droit dans les yeux, façon « centenaire inflexible » ; un regard qui vous rendait transparent de la tête aux pieds, révélant le fond de vos pensées et de votre scepticisme. Impossible alors de déceler si c'était du lard ou du cochon. Tandis que vous étiez dans l'expectative, l'indigène continuait à vous fixer sans le moindre plissement sur son visage cuivré, avec un œil fixe et limpide comme un lac de montagne.

Julio n'était pas non plus un de ces quidams de passage, à l'image de ceux que l'on croisait un peu partout sur les routes. Il avait fait ses études d'agronomie à Kapok. Cette ville nouvelle située à quelques jours de voiture était une cité expérimentale peuplée de nombreux scientifiques et de privilégiés, dont Julio faisait partie, car c'est là qu'il avait grandi, à l'abri du chaos ambiant. C'est aussi de là qu'il était parti voilà un an déjà, afin de poursuivre ses observations sur la nature en péril, et surtout mener ses recherches très controversées sur les croyances de ces populations qui subsistaient « hors système » contre vents et marées.

---

[2] Nez Percés (*Nee-Me-Poo* dans leur langue, signifiant l'homme, le peuple). Egalement « Chopuunish » corruption du mot *Tsútpěli*

Vivant en harmonie avec les Indiens installés là depuis de nombreuses générations, ces regroupements multiculturels avaient contribué à faire de leurs éco-villages des poches de résistance pacifiques où la vie et l'humain avaient repris leurs droits ; où le but était de transmettre aux générations futures, dans un rêve humaniste, un monde que les hommes n'auraient pas détruit...

L'année avait passé, et à présent Julio faisait partie de ces habitants-du-bas ; ou du moins de ce qu'il en restait. Il avait gagné leur confiance. Il conversait harmonieusement avec eux et se sentait presque totalement rompu à cet art local du dialogue qui vous laissait savourer les paroles et la gestuelle de chacun comme un succulent repas entre convives. Et il prenait leurs déclarations très au sérieux. Les frères de bois de la montagne verte se parlaient. Ils se parlaient de plus en plus. Depuis toujours. Leurs conversations montaient chaque jour en puissance. Et non seulement ils se parlaient entre eux, mais ils parlaient aux hommes. L'Indien centenaire en avait été un précieux témoin, difficilement récusable dans un contexte aussi particulier.

« Un mouvement de révolte frissonne dans leur feuillage », disaient les habitants-d'en-bas en observant la forêt danser dans le ballet du vent. Et avec le témoignage de l'Indien centenaire, tout allait bien plus loin que ce que l'on avait pu imaginer jusque-là, et même de ce que Julio aurait pu espérer dans ses rêves les plus fous et les plus secrets. Car il ne s'agissait plus d'un subtil langage végétal, comme il l'avait appris dans ses livres. Ni d'une hormone dégagée par l'arbre, comme l'aurait fait un acacia africain par exemple, mis en danger par un troupeau à la recherche de nourriture. Pas plus qu'il ne s'agissait d'émettre du méthane comme un puissant répulsif face à des animaux voraces. Ni même de le propager par voie racinaire, afin de sonner l'alerte pour déclencher une riposte chez les arbres voisins. Non, selon le témoignage de « Pied », il s'agissait de « l'autre voix » des arbres... et particulièrement de celle d'un chêne ancestral, dont la force symbolique n'était plus à faire ; « l'autre voix », que l'on pouvait entendre, que l'on pouvait comprendre ! Ce genre de propos aurait ébranlé n'importe quel scientifique digne de ce nom... Il y avait là de quoi chambouler tout ce que Julio avait pu lire sur le sujet, y compris lorsqu'il se laissait parfois aller à explorer ses petits penchants pour l'irrationnel ou quand il replongeait avec fantaisie dans le monde séduisant de l'enfance. Et si cette « autre voix » surgie du tronc était devenue audible, elle avait aussi fichu une trouille bleue à un Nez-Percé plus que centenaire et à son fidèle complice à quatre pattes, tous deux érudits en la matière.

Mais Julio s'en serait voulu de remettre en cause les dires du vieillard d'un simple revers de manche. Peut-être commençait-il à être envoûté par les rituels de ces gens vivant hors du temps ? La montagne verte était le dernier territoire bercé par « la magie des frères de bois ». C'était un lieu véritablement mythique. Ici, il fallait endosser un autre costume pour avancer, à moins de rebrousser chemin. Quant au témoignage du vieillard, il ne pouvait s'agir d'un simple « mensonge », bien trop puéril et bien trop insultant vis-à-vis de leurs croyances. Au regard de sa position de patriarche au sein du groupe, cela n'aurait pas pris en compte la complexité d'un homme aussi entier, ni la situation extraordinaire qu'ils étaient tous en train de vivre. Quiconque n'ayant jamais rencontré ce centenaire intrépide, l'aurait imaginé fripé, courbé et avachi par la vieillesse, alors qu'à cent huit ans et des poussières il affichait l'aplomb d'un homme d'une force étonnante. Quiconque n'ayant jamais conversé avec lui, l'aurait imaginé bafouillant dans les jeux du langage, alors qu'il excellait dans l'art de la parole. Et quiconque ne l'ayant pas perçu dans sa magnifique plénitude, aurait amputé son esprit d'une somme de vérités profondes, à laquelle rien ni personne n'avait jamais pu se soustraire jusque-là.

Le mensonge ne lui collait pas à la peau. Alors s'il s'agissait d'une métaphore vertigineuse, elle viserait à encourager un peuple s'identifiant aux arbres à réagir et à se battre. Par contre, si le vieux chêne avait réellement « parlé », ce fait incroyable les invitait tous à s'engager dans des voies encore plus énigmatiques. Pris dans les remous de la communauté tout entière, Julio se sentait perturbé. Après avoir passé plus d'un an parmi les habitants-du-bas, il avait découvert peu à peu cette autre façon de vivre, de penser et de croire. Dans cet univers empreint d'humour, de magie et de jeux, baignant dans le sacré et d'irrationnel, la simplicité était forcément trompeuse. Ici, le banal pouvait se transformer en énigme et changer votre vision des choses.

Et face à cette grande matrice qui nourrissait ses enfants de son lait avec autant d'énergie et d'inventivité, Julio brûlait de s'autoriser enfin à y croire : « les arbres parlaient de manière audible ; en tout cas, au moins l'un d'entre eux... »

Alors ce matin-là, il décida de lâcher prise. À partir de maintenant, il se laisserait bercer par l'enchantement... Il entrerait tout entier dans la tête du vieux, dans celle des habitants-du-bas, dans leur cœur, dans leur esprit. Car ici, personne n'avait jamais douté des propos du vieillard. Pourtant personne n'avait jamais entendu parler d'arbre de sa vie... avec une vraie voix ! En se rangeant de leur côté, en pénétrant leur monde fantastique et leurs « rituels arboricoles », peut-être allait-il aussi se rapprocher de la nature comme il ne l'avait jamais fait : à la manière d'un rêve éveillé sans doute, ou d'une rêverie hallucinatoire peut-être, dans lesquels les questions les plus saugrenues trouveraient leur place en offrant des réponses insoupçonnées. Et il le ferait sans aucune sorte de nostalgie du ventre maternel liée à la symbolique de cette terre mère magnifiée. Il le ferait avec un regard complètement neuf, une ouverture d'esprit ahurissante. Il se lancerait avec un impératif de curiosité et un appétit féroce qui lui remuaient les tripes comme jamais ; à l'image des scientifiques les plus farfelus et de ce qui les avait portés vers les découvertes les plus incroyables. Voilà le défi qu'il allait se fixer, au nez et à la barbe de tous ceux qui lui avaient confisqué ses rêves dans une société déshumanisée. Il était venu jusqu'ici très exactement pour ça !

Au petit matin, en levant le nez vers la montagne verte et son exposition monumentale, les pensées de Julio s'évadèrent vers d'autres possibles avec une curieuse « permission accordée », doublée d'une nonchalance inhabituelle : les arbres de la montagne pourraient-ils provoquer une réaction en chaîne ? se demanda-t-il avec un surprenant début d'exaltation. Projetaient-ils de s'adresser aux humains de tout le pays -voire de toute la planète, dans des idiomes adaptés à chaque ethnie- afin de leur délivrer un message d'importance sous forme d'avertissement ? Pour une majorité de ses semblables ayant encore la tête sur les épaules, la question ne se serait jamais posée, ou la réponse aurait été cousue de fil blanc... Mais Julio venait de faire un premier pas de côté. Il était sorti du rang. Voilà ce qui avait été le plus troublant. Avait-il imaginé ce scénario pour se faire l'avocat du diable ou bien était-il déjà en train de se soustraire à sa réalité « d'homme moderne et civilisé » ? Si la vérité scientifique se dévoile peu à peu, avec ses essais, ses erreurs, ses errements, un peu à la manière d'une enquête policière, pensa-t-il avec une tête et un corps groggy par le manque de sommeil, et si l'on admet – chose incroyable – que l'espace est infini, alors tout est possible, conclut-il goguenard. Le pas était fait. Il se sentait littéralement happé par cet univers baigné d'une féérie devenue palpable où l'imagination allait devenir bien plus importante que le savoir. Et avec le flot de croyances et de questionnements qui étaient en train de l'envahir, le fossé allait forcément se creuser avec les gros bras du

Village-d'en-haut. Pour ces travailleurs très terre à terre, tout cela tiendrait forcément de la sorcellerie, de la magie noire, une fois de plus. Pour eux, comme pour beaucoup d'autres, les arbres étaient une matière vivante que l'on pouvait abattre, scier, tronçonner, brûler ou déraciner, que l'on pouvait aisément monnayer dans la ville voisine, mais avec laquelle on ne pouvait certainement pas établir de dialogue !

Armé d'un calme olympien, Julio décida de s'accrocher à sa vision et de leur annoncer la nouvelle dès le lendemain. Et il le fit on ne peut plus sérieusement. Toisant ce groupe d'hommes entassés autour du bar installé dans la grande hutte, il prit un air pince-sans-rire, un peu à l'indienne - se demandant tout de même s'il n'était pas en train de fabuler lui aussi - tout en jubilant de les pousser encore un peu plus dans leurs retranchements déjà si étroits.

L'assemblée réunie là pour une de ses beuveries coutumières cria aussitôt en chœur comme un groupe d'enfants pris au jeu : « Mais on t'a déjà dit, un arbre, ça ne parle pas ! », et ils y mirent le ton, tout en poussant la chansonnette, en caquetant comme une basse-cour en alerte, avec des « ravale tes salades, blanc-bec ! Viens plutôt boire un coup ! Descends de ton petit nuage et atterris chez les humains ! Y aura d'la tisane très spéciale pour le *Latino* ! » Et ils se battirent les flancs et les cuisses, et ils se tournèrent l'index sur les tempes pour indiquer clairement qu'il ne fallait pas les prendre pour des abrutis ; que ce genre de foutaise à deux balles, c'était bon pour les corniauds-du-bas ; que même imbibés d'alcool jusqu'à la moelle ou défoncés à l'herbe locale, ils n'iraient pas brouter dans le pré-du-bas ni même tenter le moindre rapprochement avec cette bande d'arriérés à plumes complètement décalés du monde réel et bannis de la grande ville civilisée qui nichait derrière la montagne !

Julio avait vu ce qu'il voulait voir. Ce n'était pas une surprise. Vraiment pas. Le vieil Indien l'avait bien conseillé sur l'attitude à prendre face à eux : malgré le petit jeu qu'ils avaient joué eux aussi pour le titiller, Julio était resté de marbre au milieu de la mêlée en état d'ébriété ; il leur avait parlé sans détour ; sans faire de mystère, et s'était aussi débarrassé d'eux sans problème. Personne n'irait le suivre à la trace au moment du départ. Il avait désamorcé leur intérêt en passant pour un fou ou un habitant-du-bas en plein délire. Qui, du Village-d'en-haut, irait pister un fou ou un Indien à la recherche d'un chêne de quatre siècles doué de la parole humaine ? Personne. À part un autre Indien, peut-être...

Il ramassa ses affaires sans montrer le moindre ressenti. Il mit son barda sur son dos et sortit de la grande hutte en leur disant poliment « au revoir ». Pour lui aussi, la « beuverie » était terminée. Il en savait plus qu'assez sur cette bande d'abrutis.

Il y eut un grand silence alors qu'il passait devant eux. Le troupeau le calibra de pied en cap avec des faciès de poivrots déconfits. Et tandis que l'assemblée de bûcherons et de chasseurs recommençait à boire en lançant des blagues qui les faisaient tous piailler bruyamment, Julio cheminait déjà dans les hauteurs. Il était en amont, à quelques centaines de mètres de là, dans le silence de la nuit tombante. Du haut de ce perchoir, il pouvait voir les jeeps et les quatre-quatre éparpillés au fond de cette grande cuvette en contrebas. Les véhicules étaient garés dans tous les sens autour de la hutte ; les traces de pneus avaient labouré la terre violemment, mettant à nu des pierres et des racines. De nombreux outils jonchaient le sol ; ils avaient été jetés à terre sans précaution ; abandonnés comme des armes après la bataille. La bande de fêtards était arrivée en trombe, en faisant du gymkhana, en klaxonnant et en criant à tue-tête, fenêtres grandes ouvertes et musiques à fond, avec des gilets fluo sur le dos et des fusils chargés, et déjà avec pas mal d'alcool dans le sang. Excités comme des poux. Prêts à abattre leur propre chien au moindre dérapage, tout en brayant tels des ânes. Ils avaient aussi ramené quelques filles avec eux. De ces filles basanées venues de cette grande ville voisine nommée *La Guapa*. Le genre de dévergondées dont la réputation n'est plus à faire, avec des jupettes au ras des fesses, des talons compensés et des grosses poitrines gonflées outrageusement, à s'en exploser le corsage ; des poupées avec des ongles peints de plusieurs couleurs, des ongles qui avaient même quelques minuscules bijoux en toc collés sur le dessus. Et ces filles avaient les cheveux coiffés en pétard, orange, bleu, jaune, et elles avaient de la pacotille un peu partout, autour du cou et sur la cheville pour certaines, et elles mâchaient des chewing-gums rose bonbon ou vert pistache, faisaient des grosses bulles qui claquaient sur leurs joues de porcelettes, et elles riaient bêtement à la moindre phrase comme des adolescentes en pleine crise, bien qu'elles aient déjà presque toutes dépassé la trentaine sous leur fard, qui pour le coup, ne dissimulait plus rien de leurs excès.

À leur arrivée, Julio avait d'abord observé tout ça d'un œil amusé, comme un mauvais feuilleton, mais il s'était aussi très vite bouché les oreilles à cause du boucan d'enfer que faisaient ces moteurs trafiqués pour le kérosène local, et il s'était pincé le nez pour ne pas respirer la fumée âcre éjectée par les pots d'échappements. Une fois ces drôles de chars suréquipés moteurs à l'arrêt tous feux allumés, les hommes étaient passés en troupeau devant lui, en titubant dans la lumière des phares et en riant comme des idiots, et Julio s'était fait draguer au passage par deux de ces minettes caricaturales en chaleur, mais n'avait pas réagi ; juste un sourire de politesse pour noyer sa montée l'adrénaline face à un méchant dérapage potentiel. Les hommes en transe avaient débarqué ces filles à moitié ivres de leurs voitures, de manière musclée, comme des trophées de chasse. Ils les avaient hissées sur leurs larges épaules ; ils les avaient portées dans leurs bras puissants de travailleurs manuels, tatoués des mains jusqu'au cou, et ils allaient bientôt partager ce butin charnel devant le feu de la grande cheminée centrale, mais seulement après le traditionnel strip-tease d'anniversaire arrosé au tord-boyaux local.

La foulée franche de Julio révélait son état intérieur. Il y avait en lui de l'urgence et de la curiosité, ainsi qu'une colère rentrée qui l'oppressait fortement. Et puis de l'inquiétude face aux prémices de cette rêverie hallucinatoire qui commençait doucement à s'installer, mine de rien... Ce mélange détonnant boostait sa foulée, en accord avec sa volonté de quitter ces forestiers agressifs et dépourvus de cervelle, ainsi que leurs pratiques barbares. Comme le robuste centenaire sur son Appaloosa branlant, il fallait plonger au cœur de la chose, malgré les risques encourus. Tenter « d'entendre » le fameux discours du vieux chêne peut-être, annonçant une sorte de grand final, de superbe rébellion végétale ou quelque chose comme ça... Il allait se laisser guider par les signes, jusqu'à l'endroit secret où l'arbre aurait prononcé ses premiers mots. Dans quelle mesure la magie pourrait-elle agir sur lui, comme elle l'avait fait sur le vieillard ?
C'était une étrange sensation après des années de recherches scientifiques qui avaient formaté son esprit à une tout autre vision des choses. Et c'était peut-être aussi une mauvaise cerise sur le gâteau. Car en imaginant que cet arbre parleur ait usé de ce don improbable, ce n'était certes pas pour converser fraternellement. « Pour que la voix sorte du tronc de manière audible, il faut une très grande douleur que

l'arbre ne peut plus contenir » lui avait dit « Pied » avant de disparaître. « Et il faut surtout quelqu'un qui puisse l'entendre », avait-il rajouté en le fixant de ses yeux limpides malgré leur vieillesse affichée.

Julio disposait de peu de temps pour cette première ascension. De nouvelles pluies torrentielles étaient annoncées par le vol agité des oiseaux, la nervosité d'un ciel assombri, et l'excitation anormale d'une myriade d'insectes devenus fous. La pente deviendrait un torrent de boue charriant tout sur son passage. Après quoi les incendies prendraient le relais. Ils finiraient par gagner toute la contrée, car les feux se déplaçaient de plus en plus vers le nord à cause des vents tournants qui soufflaient de manière complice dans les hauteurs ; les rayons âpres du soleil sècheraient tout ça en deux coups de cuiller à pot ; une autre partie des arbres-du-haut seraient déracinés et l'arbre parleur emporté avec son précieux message... Le cerveau de Julio était en ébullition ; le vieux chêne occupait maintenant son esprit de manière assommante et invraisemblable.

Il avait dans le fond de sa poche quelques indications pour entamer son périple au bon endroit : un petit sentier très étroit qui serpentait entre les buissons et les troncs tortueux, ancien parcours emprunté par la communauté lors du rituel. « Pied » lui avait donné une minuscule carte -qu'il avait dû gribouiller à la hâte pour ne pas oublier-, tout en lui murmurant tout bas et avec conviction : « toi seul pourras y croire, les autres piafferont ! » Puis « Pied d'argile » avait susurré sur un ton plus ironique :

« Je ne viens pas avec toi parce qu'à cent huit ans et des poussières, je commence quand même à vieillir un peu. J'ai bien failli ne pas revenir de ma promenade sur les pentes de la montagne. La tempête aurait dû m'emporter avec mon secret une fois pour toutes, si mon vieux cheval n'avait su me porter jusqu'ici, par je ne sais quel entêtement, quelle sagesse, ou quelle fantaisie animale. »

Tout en marchant sur ce tapis d'humus souple et humide, Julio repensait à ce vieillard plus que centenaire ; à sa longue chevelure grise garnie d'une longue plume noir de geais et de deux autres à dominante rouge et bleue ; à sa voix détimbrée et chevrotante devant le feu ; à sa robuste silhouette de guerrier fatigué mais digne, avec son costume traditionnel orné de nombreux colliers, et à ses grosses baskets plastifiées qui juraient non sans humour au bas de son pantalon d'Indien ; à ses yeux bleu acier qui pouvaient voir l'avenir mieux que personne, et qui étaient aussi chargés d'une histoire très ancienne. Il repensa au périple qui l'avait mené jusqu'au Village-d'en-bas, au pied de la montagne verte, à bord de cette bagnole en fin de vie. Il repensa à la ville de Kapok qu'il avait quittée brutalement ; à cette communauté peuplée d'érudits en tous genres, installée au bord du « Lac sans nom », vaste étendue d'eau froide d'une pureté singulière, encerclée par un paysage abrupt et par quelques hameaux isolés ; ce grand miroir naturel où il aimait tant glisser silencieusement avec la jolie Marcha dans leurs kayaks affûtés comme des plumes ; cette eau devenue si convoitée, d'un bleu profond, sur laquelle les parents de la jeune femme étaient arrivés en radeau trente ans plus tôt avec tout leur héritage, et dans laquelle ils s'étaient aussi noyés un soir d'automne en rentrant de la pêche. On ne les avait jamais retrouvés malgré de longues recherches. Peut-être ne s'étaient-ils pas noyés ; peut-être étaient-ils repartis en douce en abandonnant sur place tous leurs biens ainsi que cette petite fille en bas âge. Personne n'avait jamais su. Mais tout laissait à penser qu'ils s'étaient enfuis comme des voleurs ; comme des parents indignes, après vingt-cinq ans de vie expérimentale au sein d'un de ces villages communautaires qui avait fui le système pendant la Grande Révolte de 2047. Il repensa à cette ville nouvelle autosuffisante et sans âme, bâtie en un temps record au cœur d'une région très abimée ; à l'un de ces villages attenants, où Marcha avait grandi comme une orpheline presque livrée à elle-même, sous la coupe d'un groupe plutôt radical. Il repensa à leur enfance, à leurs escapades amoureuses, et à tout ce qui les avait liés comme les doigts de la main, malgré le fossé qui les séparait au regard de leurs mondes respectifs, si différents. Il repensa aussi au jour où il l'avait plantée devant la petite station-service de Kapok sans même l'embrasser le jour de ses vingt ans, tant il avait dû se faire violence pour quitter les lieux afin de mener à bien ses recherches en solitaire. Une fille d'une beauté indicible, au parfum de peau enivrant et au teint mat sous ses longs cheveux noirs de métisse ; et il repensa au regard empli de tristesse qu'elle lui avait lancé, debout devant la pompe à essence où il était en train de faire le plein juste avant son départ, en vidant les fonds de cuve avec les dernières gouttes d'un carburant devenu si rare. La veille, non loin de là, ils avaient fait l'amour dans l'arbre têtu, celui qui s'obstinait à faire pousser ses branches vers le bas et qui descendaient jusqu'au sol comme de gigantesques serpents, et que l'on avait toujours préservé comme on l'aurait fait pour une œuvre d'art. Ils avaient fait l'amour plusieurs fois de suite exposés à la vue de tous, nus comme des vers, leurs peaux brûlantes comme celles des fruits mûrs laissés au soleil, avec leurs habits suspendus aux branches à l'image de fanions pendant une fête foraine. Personne n'avait assisté à ce spectacle sensuel d'une beauté insolente. L'endroit était resté désert pendant toute la durée de leurs ébats, comme si tout le monde s'était passé le mot. Cette étreinte brûlante avait pris les traits d'un adieu, avec la nature pour seul témoin, l'arbre têtu pour seul berceau, ainsi qu'une petite colonie de fourmis imbéciles qui leur avaient mordu les fesses par mégarde ou par manque de tact. Et Marcha avait joui par saccades de tout son corps pendant que Julio s'était vidé plusieurs fois d'un jet puissant entre ses cuisses fuselées. Après quoi ils étaient restés emboîtés l'un dans l'autre, fondus dans une parfaite union. Presque une heure. Appuyés sur la plus grosse branche de cet arbre obstiné. Sans parler. Seules les feuilles autour d'eux avaient semblé murmurer quelques mots à leur intention. De petites litanies venant des feuilles du haut, légères et aériennes, à l'image de papillons ou d'oisillons multicolores. D'autres venant des feuilles du bas, plus à même de favoriser leur atterrissage sur terre après cette envolée lyrique et charnelle. Il repensa à tout ce qu'il avait quitté ce jour-là, à vingt-cinq ans à peine, sur un coup de tête imparable, pour aller enfin à la rencontre de la montagne verte, du moins ce qu'il en restait, de cet endroit réputé magique avec ses deux populations ennemies, et au drôle de parcours qui l'avait fait arriver là avec une voiture hors service et un air ahuri. Il repensa aussi à la phrase de l'arbre - elle tournait à nouveau en boucle dans sa tête pendant qu'il grimpait - la phrase que ce chêne parleur aurait prononcée pour entamer son discours selon les dires de *Pied d'argile*, qui était quand même un type sérieux, qui ne riait presque jamais lui, pendant les murmures et les hochements de têtes - sauf aux enterrements - et à qui l'on pouvait faire confiance les yeux fermés parce qu'il en avait vu des vertes et des pas mûres étant donné son âge infini, et qui n'aurait eu aucun intérêt à raconter des salades à cent huit ans et des poussières, juste avant de partir vers l'autre monde pour y rejoindre ses nombreux ancêtres.

Et tandis que Julio marchait sur le terreau humide avec tous ces souvenirs entremêlés dans sa tête, il repensa aux derniers mots de Pied : « si un arbre se met à parler à haute et intelligible voix, c'est qu'il a quelque chose de primordial à nous dire ». Ce vieux filou descendant des *Niimíipuu* lui avait dit ça avec une si belle étincelle dans ses yeux d'acier qui brillaient au soleil autant que sous la pluie. Personne n'aurait pu douter de sa bonne foi. Personne.

« Pied d'argile », c'était déjà un premier diminutif ; une sorte d'abréviation ; un label garanti de sensibilité, d'humour et de fantaisie, avec son air à la *Buster Keaton*. Son vrai nom était déjà tout un poème : « Pied d'argile au petit matin frais lorsque la rosée recouvre la prairie glissante autour de la maison humide ». La majorité des jeunes Indiens vivant au Village-d'en-bas était issue des nouveaux groupes très métissés. Aussi l'appelaient-ils plus simplement « Pied », histoire de réduire les choses à l'utilitaire. Non pas que la poésie fût définitivement bannie de leur mode de vie alors qu'en ces temps très difficiles les feuillus en avaient à revendre, mais parce que c'était plus facile à placer au quotidien, dans les conversations courantes. Et surtout parce que la langue de la communauté, l'art du dialogue et les jeux du langage s'épuisaient peu à peu devant la brutalité des événements, abandonnant la partie pour une simplification des échanges plutôt malsaine face au désespoir. Ce nom à rallonge évoquait aussi une époque très lointaine où les prés étaient encore verts et paisibles ; où les Indiens et les métisses n'étaient pas encore refoulés hors des frontières ; où ils n'étaient pas chassés comme des bêtes sauvages hors des zones dites civilisées, ou exterminés sauvagement par des groupes d'allumés à l'affût de boucs émissaires.

« Pied » le regarda grimper et disparaître parmi les arbres-du-haut. Et alors que Julio sentait l'effort qui brûlait ses cuisses et ses mollets au cours de cette montée abrupte, l'Indien lui fit un petit signe de la main, comme une vieille dame l'aurait fait en secouant un éventail de dentelles, avant de s'évaporer lui aussi dans les lointains. Juché sur son cheval fourbu, il regagna son gîte en mode automatique un kilomètre plus loin, à la manière d'un mannequin inerte posé sur la croupe de cet Appaloosa léopard fatigué dont l'assise n'était plus très sûre. Au cours des dernières années, le corps de l'animal avait perdu pas mal de son pelage ainsi qu'une grande partie de son harmonie et de son équilibre, à cause des pattes arrière qui souffraient d'une faiblesse maladive accentuée par les volées de mouches qui lui tournaient autour. Presque aussi vieux que son maître, donc. Avec de beaux yeux bleus, plutôt rares chez ses semblables, mais un peu tristes quand même pour un Appaloosa léopard aussi facétieux et aussi téméraire.

Après une demi-heure de grimpette acharnée sur ce chemin aussi raide qu'une échelle de meunier, Julio s'accorda une pause. Il enleva ses chaussures qui lui sciaient les chevilles jusqu'au sang. Assis sur un rocher, il retira aussi ses chaussettes pour aérer ses pieds brûlants, puis resta un moment attentif au son de la forêt, au vent dans les feuillages, au craquement des troncs, avec des feuilles fraîches disposées entre ses orteils écartés et les jambes légèrement surélevées pour apaiser la douleur.

À l'écoute de la forêt... Il avait pratiqué le rituel si souvent au cours de ses multiples promenades en solitaire, épiant parfois pendant des heures sans bouger, ne manquant aucun détail de cette subtile effervescence, comme si le moindre geste avait pu perturber le délicat processus en cours et dévoiler sa présence animale au monde végétal.

« Les arbres semblent aussi attentifs que moi, ils veillent ; peut-être se méfient-ils aussi », pensa-t-il. La teneur de l'instant était on ne peut plus singulière. Ses sensations n'étaient plus les mêmes. Il commençait à faire corps avec cet environnement surprenant où tout ce qui n'est pas compris est esprit. La forêt était véritablement habitée de pouvoirs mystérieux. Les troncs sinueux trônaient magnifiquement sur un sol bien dégagé où des coulées d'eau et de boue avaient creusé de nombreuses tranchées plus ou moins profondes.

Par endroits, de superbes racines étaient presque entièrement mises à nu. L'arbre semblait flotter au-dessus d'elles de façon aérienne, « sur la pointe des pieds ». Cette sorte de suspension acrobatique, fragile et élégante, dégageait une intense émotion, surtout dans le plus fort de la pente, où l'arbre semblait ne tenir qu'à un fil. D'autres frères de bois étaient entrelacés par leurs branches, s'agrippant l'un à l'autre avec force, ou à la manière d'amis véritables. Un vent léger mais soutenu dans leurs branchages accentuait l'intuition d'une conversation feutrée qu'ils tenaient entre eux. Ces propos échangés entre les feuillages, ces murmures et ces chuchotements égrainés dans le vent nocturne, prenaient l'allure de révélations secrètes, dont Julio devenait le témoin privilégié au cœur de la nuit tombante. La douceur ambiante et le lyrisme de ces chants polyphoniques n'annonçaient aucune tempête ni aucun danger, au contraire. Elles apaisaient l'esprit de Julio et relaxaient son corps fatigué. Ses pensées rationnelles s'estompaient d'autant plus aisément au sein de ce tableau surréaliste et de cette œuvre monumentale, cédant la place à une poésie et une contemplation devenue indienne...

Afin de ne perdre aucune bribe de cette conversation forestière, ne lui faudrait-il pas pratiquer la sycomancie[3] comme dans la Grèce antique ? Zeus n'avait-il pas parlé par l'intermédiaire du chêne sacré de Dordogne ? Le bruissement des feuilles avait alors été amplifié par des vases de cuivres suspendus aux rameaux ; mais seuls des prêtres avaient pu traduire le message... En simple terrien, bien loin du fameux rituel antique, encore novice dans la magie des habitants-du-bas, et n'ayant aucune clé pour interpréter cet idiome murmuré et sensible, Julio eut tout de même l'impression de capter quelque chose, la nature l'entraînant démesurément au sein de son enchantement.

Alors qu'il baignait avec délice dans cette atmosphère enveloppante, les paroles de *Pied* se mêlèrent au bruissement des feuillus : « Toi seul pourras y croire. Les autres piafferont ». Cette prévenance du vieillard força sa concentration et développa son imagination, le rendant bien plus inventif encore, et surtout plus libre qu'à l'ordinaire. « Plus sensibles que bien des humains, les poètes sont toujours élus pour capter ou transmettre les messages évoqués

---

[3] Divination qui se pratiquait par l'interprétation du bruit des feuilles de figuier agitées par le vent de la nuit

par la nature en mouvement, parce que le poète, tout comme l'amoureux et le fou, sont farcis d'imagination ». C'est ce que Marcha lui avait murmuré un jour à l'oreille, lors d'une promenade au bord du lac sans nom, où elle évoquait ces vers immortels de Shakespeare sur un ton très convaincu.

À présent, les paroles de Marcha prenaient tout leur sens au sein de ce rêve éveillé empreint d'une douceur bienveillante. Julio sentit qu'il était enfin touché par la magie, avec un esprit presque libéré de toute contrainte. Cette fois-ci, sa sempiternelle raison ne reprendrait pas le dessus. Le charme de la montagne verte opérait de manière enivrante...

Pourquoi certaines personnes sont-elles mal à l'aise parmi les arbres ? pensa-t-il en observant la puissance autour de lui. Sans doute la sensation d'être observées ; leur solitude les obligeant à rester face à elles-mêmes, à réfléchir à leur condition de simple mortel parmi des milliards d'autres. Elles redeviennent alors un membre ordinaire d'une communauté biologique, une simple particule flottant dans l'immensité de la grande cosmogonie, alors qu'au milieu des mégapoles surpeuplées et gérées par des machines obéissantes, elles avaient pu jouir jusque-là de l'illusion de leur pouvoir et de leur importance. Julio prenait maintenant un immense plaisir à se fondre aux éléments végétaux qui l'entouraient, à les observer et à se laisser observer par eux. Il s'était déjà intéressé au *shinrin-yoku*, ces « bains de forêts » à la nippone où l'on embrassait les troncs, mais sans jamais y avoir été aussi intensément convié.

Pour l'heure, il ne s'agissait plus d'enlacer les arbres avec affection pour en partager l'énergie et les multiples vibrations. Pas plus qu'il ne s'agissait d'y grimper comme un gamin joueur ou de les escalader prudemment pour une séance d'élagage. Il s'agissait de croire les yeux fermés au message primordial que l'arbre parleur allait peut-être bientôt lui délivrer de vive voix, quelque part au milieu de ses semblables... Et cela ouvrait un autre pan au sein de l'étonnant tableau végétal et de sa réalité trompeuse. Interloqué, il s'allongea sur un nid de feuilles qui sembla s'offrir à lui au pied d'un tronc protecteur, s'enroula dans son épaisse couverture et se lança dans une écoute attentive...

Gagné par la fatigue, il s'endormit doucement au bout d'une heure, tout en murmurant ce poème de Victor Hugo, qui était cité dans une ancienne publication d'un biogéographe de renom, découvert pendant ses études. En contrepoint des vers du grand Shakespeare évoqué par Marcha au bord du lac sans nom, ce poème lui était revenu en mémoire comme une douce mélopée qu'il adressa avec sentiment et vénusté aux tortueux feuillus qui flottaient au-dessus de lui : « *Quand je suis parmi vous, arbres de ces grands bois, dans tout ce qui m'entoure et me cache à la fois, dans votre solitude où je rentre en moi-même, je sens quelqu'un de grand qui m'écoute et qui m'aime*».

Il ne vous manque que la parole... murmura-t-il en fermant les yeux.

La fraîcheur du petit matin était supportable à cette époque de l'année, malgré les débordements du climat qui bousculaient tout. La forêt se dessinait de manière fantomatique, habillant les bouquets d'arbres d'ombres et de brouillards. Par endroits, leur impassibilité flottait dans des nappes de brume épaisse, et à d'autres elle s'imposait au sein de théâtres lumineux. On était très loin de la tempête annoncée. La forêt veillait-elle affectueusement sur son hôte ? Hormis les bourdonnements d'insectes s'agitant dans les prémices d'un soleil matinal, ainsi que quelques coqs ventrus se faisant la voix sur les cimes, tout était si calme... Julio ressentait même une sorte de chaleur autour de lui, mêlant dans l'air, des parfums de mousse et d'écorce, de terre, de feuilles, d'humus et de champignons. Les bûcherons-du-haut avaient enfin disparu du paysage, emportant avec eux le bruit et la fureur de leurs machines carnassières.

Pendant ce réveil en douceur, Julio se laissa éblouir par un rayon de soleil qui filtrait entre les branches entremêlées, comme une lampe tiède pointée sur son visage encore fripé de sommeil. À Kapok, il avait si souvent dormi dehors, sans aucune protection, à même le sol, le dos en contact avec la terre et les bras grands ouverts. Il avait fait ça chaque fois qu'il le pouvait. Avec Marcha souvent, allongés au bord du lac sans nom, voyageant dans la voie lactée, avec leurs deux peaux mêlées comme seule enveloppe commune face au firmament. Parfois, un petit animal téméraire satisfaisait une curiosité nocturne en venant renifler prudemment à leurs oreilles. Ces guili-guili de museau fureteur provoquaient une partie de fou rire qui faisait fuir la bébête vers d'autres aventures. C'était souvent des genres de ragondins inoffensifs qui s'approchaient prudemment, à la recherche de compagnie peut-être, ou de nourriture, plutôt.

Julio percevait maintenant un très léger cliquetis dans les chevelures végétales qui le surplombaient, car un vent presque imperceptible se glissait entre les branchages. Ce réveil matinal offert par la nature était-il le prolongement d'une conversation que les arbres auraient tenu pendant la nuit ? Qu'auraient-ils pu se raconter d'un tronc à l'autre, entre leurs feuillages impassibles ? Julio se sentait de plus en plus immergé. Tout semblait si bien s'organiser à son intention, de manière accueillante. À présent, le soleil lui indiquait clairement la voie à suivre : son rai de lumière entre les grands rochers plus haut éclairait le sol devant lui et dessinait un tapis lumineux. Aguiché par cette nouvelle vision, Julio se mit en route sans se poser davantage de questions. Il fallait profiter de ces heures matinales et protectrices sans pluie où l'astre n'était pas encore à sa pleine puissance. Plus tard, la marche exposée deviendrait un danger, même ici dans le Nord.

Tout en cheminant, il cueillit çà et là des baies, des feuilles d'arbrisseaux, et grignota même quelques insectes indispensables à un repas plutôt frugal, bien que composé de tous les éléments essentiels en vitamines, protéines et sucres, dont il aurait besoin pour se régénérer. C'est Marcha qui lui avait appris à faire ses courses en forêt. C'est Marcha qui lui avait appris les choses essentielles ; elle qui avait survécu aux situations les plus difficiles. Et c'est aussi Marcha qu'il avait abandonné un an plus tôt à Kapok ; bien plus que le Village-d'en-bas qu'il venait de quitter la veille, que la troupe de bûcherons évincée en pleine bringue, ou que ses amis indiens plantés comme des piquets au pied de la montagne.

« Pourquoi peut-on parfois aller jusqu'à quitter ceux qu'on aime ? » C'est ce qu'il aurait dû prendre le temps de dire autour du feu avant son départ. C'est ce qu'il n'avait pas pris le temps d'écrire dans son inséparable petit calepin à la couverture de cuir élimée. Et c'est ce à quoi il ne cessait de penser à présent.

Avait-il eu peur que Marcha ne fasse les huit cents kilomètres pour le rejoindre au cœur de la montagne, afin d'écrire une réponse avec sa plume de corbeau fétiche qui ornait ses cheveux noir de jais ? Cette plume aux reflets bleutés aurait-elle pu alors annoncer une vérité à laquelle Julio n'aurait pu échapper ?

Pour Marcha, les croyances donnaient le don de parole aux animaux qui vivent entre ciel et terre. Et cette parole était présente jusque dans leurs plumes. Il suffisait de les laisser parler. Tout comme l'oiseau lui-même, ses plumes pouvaient rapporter sur terre ce qu'elles avaient vu lorsqu'elles étaient là-haut : la vérité sur l'homme. Si l'une d'entre elles venait à s'échapper du volatile et se laissait porter par le vent et le souffle du Grand Esprit, elle pouvait atterrir entre les mains d'un humain amical qui la recueillait avec ravissement pour en faire un collier fétiche ou une parure pour orner sa chevelure.

Il se souvint qu'un jour, au bord du lac sans nom, Marcha lui avait parlé de cette vérité révélée par les animaux vivant entre ciel et terre. Elle était assise sur le sol, pieds nus, avec sa jupe ample retroussée presque jusqu'à l'aine, dévoilant un soupçon de son intimité exposée à l'air libre, et jouait avec ses orteils dans la terre, alors que des oiseaux aux silhouettes sombres exécutaient leur ballet silencieux dans les airs. Et tout en regardant le ciel, elle lui avait dit avec assurance : « les yeux perçants des corbeaux en plein vol observent la vérité de l'homme, jusque dans leurs plumes. Ils redescendent ensuite pour nous la confier à l'oreille. Mais parfois, cette vérité se trouve juste dans une de leurs plumes qui s'échappe pour descendre sur terre, en toute liberté. On la glisse alors dans nos cheveux. Et on entend cette vérité sans que l'oiseau n'ait besoin d'atterrir parmi les humains, ni de choisir son camp entre ciel et terre. » Subjugué par la beauté que dégageait Marcha, par sa poésie, sa chaleur et sa sensualité, Julio avait acquiescé sans dire un mot, avec un petit mouvement de tête, laissant son regard se perdre entre les cuisses de Marcha qui prenait plaisir à l'aguicher dans cette posture offerte... Et alors qu'elle s'était ouverte davantage en remplissant ses jambes, il s'était allongé sur elle, et dans une étreinte fusionnelle l'avait pénétrée profondément et avec douceur. Quelque temps plus tard, ils gisaient tous deux sur le sol, débraillés et alanguis, le regard planté dans le ciel clair, observant le ballet des corbeaux qui planaient au-dessus d'eux.

Julio savait qu'un certain Dieu celte avait utilisé un corbeau pour faire le lien entre lui et les hommes ; pour nous parler de nos désirs. À l'image de ce messager, la plume de Marcha aurait-elle pu rapporter à sa conscience d'homme les paroles perdues au fond de son être, si elle avait écrit la réponse dans son petit calepin ? Et tandis qu'il escaladait la montagne verte et marchait sur cette terre humide et moelleuse, il se mit à penser très fortement à Marcha, dont la voix lointaine murmurait dans sa tête comme une source d'eau claire et inspirante :

« Julio, qu'as-tu fait de moi ou de celui que tu aurais dû être ? Ton départ est pour moi comme un feu qui s'éteint, me renvoyant à mon enfance. Si cette cendre n'est que symbolique, quel renouveau peut-elle m'annoncer ? Toi qui sembles comme le corbeau, intelligent, doté d'une excellente mémoire, curieux, sociable et assez malin ! Seras-tu aussi capable de trouver dans ta solitude de coureur de fond, des solutions pour guérir les plaies de la montagne verte comme tu as pu le faire parfois au cours de tes expériences au milieu des bois ou dans tes recherches de laboratoire à Kapok ? »

Le son de la voix de Marcha ne cessait de l'interpeller, tout comme celle de Pied. Leurs paroles s'entremêlaient et emplissaient le silence de cette matinée étonnamment calme et protectrice.

« Toi seul pourras y croire, les autres piafferont. » La phrase de Pied tournait à nouveau en boucle dans sa tête. Depuis son départ, les choses semblaient se mettre en place pour le guider. Il lui suffisait d'y croire. « Rien de plus difficile », lui avait dit Pied avec un air entendu : « observer les signes et y croire », avait-il rajouté avec un zeste d'encouragement. Et comme un tribun armé d'un moulin à paroles, Julio se mit à discourir de vive voix devant l'assemblée des feuillus en arrêt devant lui : « Non, aucune confession particulière dans tout ça ! C'est la nature bien terrestre et sa réalité tangible qui crée les liens indubitables auxquels j'ai toujours été hypersensible ! Mes amis, la vie n'est pas un grand miracle ! C'est le résultat d'un équilibre savant qui s'est mis en place peu à peu, après de nombreux échecs, après de nombreuses réussites ; et jusqu'à ce que les humains s'en mêlent pour détraquer l'ensemble ! L'homme n'a jamais servi à rien dans cette vaste histoire, sauf à dégénérer les choses. Ses croyances et sa disparition ne changeront rien non plus. Alors que vous, mes amis au corps puissant et élancé, à la tête de bois coiffée de feuillées luxuriantes, vous qui êtes faits d'écorce et de sève comme de chair et de sang, resterez indispensables au très subtil équilibre de la nature, éternellement. Aussi, faite-le nous savoir haut et fort ! Poursuivez le message de l'arbre parleur, s'il existe. Sans attendre ! »

Il interrompit son discours et resta immobile face aux troncs silencieux qui semblaient l'observer, entre leurs branches entremêlées, comme une bête curieuse. Pas la moindre réponse, pas le moindre

bruissement. Seuls quelques craquements secs dans la douceur du vent, ou des « rires » d'oiseaux moqueurs cachés dans les branchages, comme pour le narguer. On était bien loin du bavardage nocturne qu'il avait pressenti, des dernières tempêtes qui avaient bouleversé le paysage, ou de la magie du vieil Indien solitaire sur son cheval fourbu...
Interdit et un peu contrarié, il ramassa ses affaires et poursuivit sa marche sans conviction. Arrivé sur le plateau du haut, il se retrouva à découvert sur des sortes de chaumes et à son approche, une compagnie de perdrix rouges s'envola dans un battement d'ailes sonore et empressé, colorant le ciel zébré de gris où quelques Grands Corbeaux guettaient en altitude. De nombreuses souches gisaient à l'abandon, à moitié déracinées, offrant leurs bases décapitées aux rayons du soleil qui perçaient entre les nuages. Le vent avait tressé artistiquement les quelques touffes d'herbe encore sur pied, çà et là. Elles s'exposaient à la lumière comme de somptueux bouquets chevelus coiffés avec inspiration par un zéphire ingénieux. Leur aplomb au cœur du champ de bataille adoucissait quelque peu l'atmosphère de ce terreau saccagé, qui exhibait ses entrailles dépouillées jusqu'à l'os et ses racines noueuses mutilées jusqu'à la moelle.

La chaleur était en train de s'installer et le vent était tombé. Devant lui, un groupe de tortueux feuillus encore debout dessinait une curieuse silhouette au cœur du paysage. Figés dans une attitude inhabituelle, ils avaient l'air effarouchés, brandissant leurs branches et leurs feuillages enchevêtrés dans l'électricité du ciel, à la manière de bras tendus et immobiles dans les rais de lumière. Julio resta un long moment paralysé, à les regarder, ne sachant ni que dire ni que faire. Autour de lui, les éléments se dotaient peu à peu d'une vigueur inouïe. La symbolique s'imposait partout, jusqu'à ces buissons tout au bout qui formaient une petite voûte feuillue, sous laquelle il dut courber l'échine pour pouvoir passer. Cette sorte de révérence obligée lui donna accès à une nouvelle ascension abrupte en direction du sommet, à l'abri du soleil. Il laissait derrière lui un bien funeste territoire ; les pilleurs semblaient l'avoir abandonné en urgence.

Une heure plus tard, il était enfin arrivé au plus haut de ce premier palier, ou de ce premier « plat », comme disaient les habitants-d'en-bas. Il n'était pas si haut que ça, à sept cents mètres environ de son point de départ, mais la montée avait été si vertigineuse qu'il eût l'impression d'avoir parcouru cent fois la distance.

À présent, le paysage autour de lui était un paysage vertical où les feuillus foisonnaient à nouveau. La situation permettait une vue en profondeur par endroits, mais il était impossible de discerner un horizon lointain entre les branches. Il avait monté pas à pas tous les étages de cet « immeuble végétal » et se trouvait nez à nez avec une roche plate qui obstruait presque entièrement le passage. Elle avait dû chuter là pendant la dernière tempête. Cet obstacle prenait les traits d'une nouvelle étape à franchir et Julio ne se sentait plus prêt à faire le grand saut, à l'instar d'un nouveau-né hésitant à intégrer le monde le jour de sa naissance. Il faudrait un burin et un marteau pour en venir à bout et il faudrait marteler laborieusement des heures durant pour y ouvrir une fenêtre suffisamment large ! En arrêt devant cet obstacle, il aperçut un étroit passage permettant de le contourner. Avec son corps aux muscles fins et ses épaules de danseur, il n'aurait aucune difficulté à se faufiler comme une anguille.

Avant de s'y engouffrer, il lança un regard plus bas, comme s'il s'agissait d'une ultime attention avant de disparaître, définitivement... Dans l'encaissement, en visant bien entre les troncs et à l'abri du soleil, la hutte était minuscule. La fumée épaisse qui sortait par son toit s'épanchait entre la cime des arbres puis montait en ligne droite dans l'air immobile ; sa densité montrait que l'activité battait son plein à l'intérieur. Julio imagina sans peine la chaleur bestiale qui régnait en son sein, les vapeurs d'alcool et de tabac, la musique endiablée, les beuglements mêlés aux aboiements des chiens surexcités et les gloussements divers. Pourtant, à cette hauteur aucun son ne portait. Ce petit cube en rondins semblait aussi paisible qu'un gîte chaleureux posé en pleine forêt, habité par des humains tranquilles et civilisés, ne laissant échapper que quelques bribes d'une musique douce et à peine audible.

Il passa la pierre en se faufilant adroitement et se retrouva dans un endroit plus ombragé. Il découvrit alors, sur le mince sentier plein de nœuds et de coudes se dérobant peu à peu sous ses pieds, une petite colonie de champignons ressemblant à s'y méprendre à des cortinaires des montagnes fraîchement éclos après les dernières pluies. En parfait état, ils dégageaient un puissant parfum de radis et de rave. Ces sournois monticoles aux chapeaux couleur de rouille, charnus et plutôt séduisants sous leurs masques hypocrites, étaient une bande d'empoisonneurs aux dents longues qui auraient eu raison d'un promeneur maladroit n'ayant aucune science éclairée. Mais Julio était fin connaisseur. Un superbe cèpe appétissant trônait juste à côté des petits vilains. Il cueillit l'original délicatement et le déposa dans sa capuche rabattue dans son dos. Il le dégusterait plus tard, accompagné de racines acidulées glanées au bord du chemin. C'était là encore, une des nombreuses recettes vivifiantes de son amie Marcha. Quant à la petite confrérie de ces tueurs sur pied à l'apparence trompeuse et à l'odeur de pomme de terre crue, il les abandonna à leur lugubre traquenard et poursuivit son chemin.

Le sentier avait maintenant entièrement disparu. Visiblement, personne ne s'était jamais aventuré jusque-là, à part le vieillard et son très intrépide canasson. Julio n'avait plus aucun repère et avançait presque à l'aveugle sur la pente abrupte et très ombragée. Les troncs étaient de plus en plus tortueux. Certaines de leurs branches s'élançaient vers le ciel en pointant l'infini. D'autres tombaient jusqu'au sol comme pour mieux s'agripper à la terre, obligeant Julio à une gymnastique épuisante digne d'une véritable course d'obstacles.

Cette ascension n'en finissait pas. À ce rythme, il allait bientôt côtoyer les nuages, à moins qu'il ne puisse enfin décrocher la lune ! Si cet arbre parleur avait quelque chose de primordial à dire, comment pourrait-il le trouver au sein de cette abondante verdure et de ce paysage de plus en plus insolite ? Un rien abattu, il regarda à nouveau la carte à la faveur d'un mini rai de lumière filtrant entre deux troncs. Malgré ses talents de peintre, les indications de Pied ressemblaient à un dessin d'enfant gribouillé à la hâte juste avant la récré, tandis que le décor autour de Julio se renouvelait sans cesse, comme pour le mettre à l'épreuve, le tromper, ou l'égarer dans un labyrinthe en perpétuelle transformation, défiant sa logique et son intelligence.

Pour reprendre courage, et pour ne pas lutter contre cet effet hallucinogène en se réfugiant dans des pensées plus rationnelles, il se souvint que pour les anciens, « il est des arbres cosmiques qui poussent très haut et dont les feuilles sont toujours vertes. Ils montent jusqu'au ciel et passent pour abriter l'âme des morts ». Peut-être en était-il de même pour cet arbre parleur ? Peut-être portait-il en lui la mémoire des ancêtres ? Peut-être attendait-il aussi celle de leur descendance. Et Julio se sentit à nouveau investi, comme un chamane secouant ses plumes au sortir de son œuf, mû par la nécessité d'effectuer une ascension en urgence pour retrouver tous ceux qu'il doit guérir ; à savoir presque la terre entière ! « Dans certains peuples, les âmes des humains sont comme autant d'oiseaux dans les branches de l'arbre cosmique, attendant d'être descendues sur terre pour s'incarner dans les nouveau-nés et régénérer le monde », lui avait aussi chanté son ami Pied, lors de leur dernière soirée autour du feu...

Les allégories, les croyances ancestrales, l'atmosphère que dégageait la montagne, la nature qui l'entourait, les odeurs humides et boisées... Tout l'invitait à se perdre dans un flot incessant d'élucubrations. Il se sentait enclin à développer des pensées sur le monde, sur la création, sur la conscience qu'il avait de lui-même au cœur des éléments ; sur sa place d'homme parmi le végétal ; sur le pouvoir des arbres ; sur leur énergie vivifiante ou apaisante et sur leurs champs énergétiques. Il savait que les arbres avaient un don à faire à l'Humanité en cette période troublée par l'urgence et l'activité intensive : un don de calme, de force, d'endurance et d'harmonisation ingénieuse ; tout ce dont le monde civilisé avait besoin pour guérir ses plaies et que les habitants-du-bas avaient compris et intégré depuis si longtemps dans leur vie quotidienne. Et il sentit fortement le besoin de transcrire cet état si particulier qui l'animait depuis son départ, comme pour y mettre un peu d'ordre, ou comme l'aurait fait un capitaine sur son livre de bord, assis dans la cale d'un navire perdu dans l'océan. Les feuilles vierges du petit calepin posé sur ces genoux, issues elles-mêmes des arbres, allaient recueillir quelques-unes de ces pensées emmêlées, aux saveurs multiples et aux parfums surprenants.

Mais pendant cette pause littéraire, ce sont les paroles prononcées par Marcha qui s'imposèrent en premier, car son visage ne l'avait pas quitté d'une semelle au milieu des troncs mirifiques. Elle était avec lui à chaque moment de façon plus ou moins furtive, ou très appuyée. Juste avant son départ de Kapok, après avoir fait l'amour sur l'arbre têtu près de la station-service et juste avant d'en redescendre, elle lui avait fredonné qu'« au sein du règne végétal, l'arbre est le roi. Si l'homme se compare souvent à lui, c'est uniquement par orgueil. » Elle lui avait chantonné cette mélodie sur un ton plutôt taquin, assise à califourchon, avec une branche dépassant d'entre ses cuisses entrouvertes, à l'image d'un sexe masculin en pleine érection. Et elle avait ajouté en chantonnant de plus belle : « mais tu n'es point de bois, mon ami, non, non, non ! », et ça l'avait fait beaucoup rire. C'est souvent de cette façon que Marcha maquillait une tristesse naissante...

Bien qu'étroitement lié à la forêt par une empathie naturelle, Julio ne s'était jamais comparé à un arbre. Il concevait que l'humain ait secrètement envie d'être à l'image de l'arbre, le plus fort, celui pouvant résister à bien des tempêtes ; que l'arbre était à ce titre vénéré dans de nombreuses cultures, et particulièrement chez les pacifiques habitants du Village-d'en-bas. Mais tout en marchant et en observant les dégâts autour de lui, il était aussi conscient que l'arbre demeurait malgré tout un être fragile, craignant le soleil, le vent, l'eau, le feu ; et les humains plus que tout. C'est bien pourquoi, dans des systèmes naturels éloignés de la main de l'homme, les plus vieux troncs et les plus hauts arbres vivaient au sein d'une société végétale très équilibrée ; protégés en lisière par des espèces de moins grande taille ayant besoin de clarté et qui faisaient office de manteau ; que ces espèces étaient elles-mêmes protégées à leur tour par l'ensemble des végétaux plus petits de l'ourlet forestier qui bloquaient les courants d'air froid au pied de la lisière. Il pensa que cette organisation de la société forestière aurait dû servir d'exemple aux humains pour fonder leurs civilisations et que les bûcherons qui guinchaient à cet instant dans la grande hutte devraient se souvenir que leur propre existence dépendait entièrement de cet équilibre.

Épuisé, en manque de souffle et les cuisses en feu, Julio s'arrêta à nouveau dans sa marche. Il s'assit et observa le drôle de décor enchevêtré devant lui. Comment « Pied » avait-il réussi à crapahuter jusqu'ici ? Cela resterait un mystère insondable.
Interloqué et immobile, il imagina un instant le Nez-Percé plus que centenaire à califourchon sur son Appaloosa branlant, à la verticale de la pente, les sabots de l'animal scotchés comme des ventouses à la paroi abrupte, à l'image des arbres-du-haut pendant leur croissance juste avant de rectifier le tir. Cette vision le fit rire aux éclats, et son rire résonna au cœur de la forêt qui sembla lui rendre la monnaie de sa pièce en bruissant de concert.

Cette pensée l'avait détendu. Il observait à nouveau les frères de bois de façon paisible et réceptive. Il savait bien maintenant que chez les Indiens, une part de la vie était magique et inexplicable ; qu'ils allaient parfois sur des chemins parallèles, en dehors de notre réalité, créant un lien entre ciel et terre, comme les tortueux feuillus accrochés à la pente ; que ces humains-là étaient étroitement liés à la nature qui les entourait, les protégeait et les nourrissait, à l'instar de cette montagne verte et de son puissant et artistique tableau. Ainsi, certaines choses nous paraissant utopiques ou inconcevables, étaient pour eux des évidences et des vérités premières qui ne pouvaient que nous échapper. Julio le ressentait si fortement à présent. La virtuosité de cet Appaloosa léopard usé par la vie et celle de son maître hors d'âge et hors concours, en étaient un magnifique exemple.

Il n'eut pas eu la force physique de coucher cette dernière pensée sur le petit calepin posé devant lui. Il s'était arrêté d'écrire et somnolait à demi, la tête penchée vers les pages en désordre. Alors qu'il se perdait au cœur de cette rêverie anesthésiante, un fracas épouvantable le sortit de sa léthargie. Il eut juste le temps de bondir sur le côté, tandis qu'un grand tronc dévalait à toute allure, abîmant tout sur son passage !

Cette chute vertigineuse le réveilla brusquement : il vit qu'il était moi. Je compris que j'étais lui. Ce coup de baguette magique venait de me faire retrouver la réalité palpable, aspirant cette forêt imaginaire dans les limbes. Tout n'était que fouillis sur le carré de verdure au pied de mon hamac. J'étais allongé dans l'herbe, l'air hagard, dévisageant les vieux arbres du verger de mon grand-père qui me défiaient dans le ciel d'azur juste au-dessus. Un rien enfariné, je pensai que cela avait été un bel après-midi d'automne pour tenter d'achever l'écriture de ma thèse à l'heure de la sieste. Certains rêves dessinent l'avenir dans la noirceur d'un ciel d'orage. D'autres sont les messagers d'un printemps durable. Celui-là me laisserait sur ma faim, inévitablement. Et alors que je restais interloqué, étendu dans l'herbe fraîche avec le ciel de mon pays d'adoption pour paysage, les arbres du verger semblaient me sonder avec une pointe d'ironie, sans mot dire : muets et circonspects, comme il se doit... Et Marcha, sortant de la cuisine par la porte de derrière avec son joli tablier à pois, m'apporta une tranche de tarte aux pommes encore tiède.

« Savoure ce magnifique fruit d'or, Julio. C'est celui de l'immortalité et de la fécondité que vola Héraclès au jardin des Hespérides, sur les pentes abruptes du mont Atlas. Et c'est aussi le fruit que croquèrent si fiévreusement Adam et Ève, au jardin d'Éden. Comme les arbres de ce verger, il est chargé de mystère. De tout temps, de nombreux artistes s'en sont inspirés pour tenter d'en saisir l'intemporalité. »

Voilà les mots qu'elle prononça en s'allongeant près de moi. Nos regards étaient maintenant plantés en harmonie dans l'azur juste au-dessus et nos cœurs battaient à l'unisson. Et tandis que nous mordions avec bonheur dans ces parts de tarte encore tièdes, les arbres du verger étaient bel et bien dans le ciel.

Cet ouvrage est une œuvre de fiction. Toute ressemblance avec des personnages existants ou ayant existé ne pourrait être que fortuite ou involontaire.

Le code de la propriété intellectuelle interdit les copies ou reproductions destinées à une utilisation collective. Toute représentation ou reproduction intégrale ou partielle faite par quelque procédé que ce soit, sans le consentement de l'auteur, est illicite et constitue une contrefaçon sanctionnée par les articles L 335-2 et suivants du Code de la propriété intellectuelle

http://marcanstett.wixsite.com/livres-spectacles

Impression
BoD-Books on Demand,
Norderstedt, Allemagne

ISBN : 978-2-322-12145-8

Dépôt légal : mai 2018